23.

23. Fevrier 1856

Estampes
4 Planches d'acier
Dessins
Salle 5. Bis

Lefevre Fontaine		114 ..
Alexandre	78.10	102 75
Tessary	23 50	32 25
Fontaine		5
Loiselet	143 75	188 50
M. Gihant 70.		2
Andifret	1.5	107 ..
Rosselin	25 50	33 50
		585 ..

frais 23 %

NOTICE

D'ESTAMPES

ANCIENNES & MODERNES

ET

DESSINS ANCIENS

DONT LA VENTE AURA LIEU

HOTEL DES COMMISSAIRES-PRISEURS

RUE DROUOT, N. 5

Salle n. 5 bis, au 1er étage,

LE SAMEDI 23 FÉVRIER 1856, HEURE DE MIDI

Par le ministère de Me **DELBERGUE-CORMONT**,
Commissaire-Priseur, rue de Provence, 8,

Assisté de M. **VIGNÈRES**, marchand d'Estampes,
rue de la Monnaie, 13, à l'entresol ; entrée rue Baillet, 1,

CHEZ LESQUELS SE DISTRIBUE CETTE NOTICE.

PARIS

MAULDE ET RENOU

IMPRIMEURS DE LA COMPAGNIE DES COMMISSAIRES-PRISEURS
144, rue de Rivoli.

1856

ORDRE E LA VACATION.

ESTAMPES.

PLANCHES D'ACIER.

DESSINS.

On commencera à une heure précise.

CONDITIONS DE LA VENTE.

Elle se fera au comptant.

Les adjudicataires paieront cinq centimes par franc en sus des enchères, applicables aux frais.

alexandre	36	Vues		1	25
Ferrari	39	Portraits	Vig	1	
L	18	d°	Vig	2	25
L	100	Divers		1	
L	30	Eauxfortes		1	75
Jo	46	Denon		2	
T	20	Vierges Scenes	Vig	1	
alex	40	Lithog		1	
T	8	Port. Napoléon	Vig	2	
L	50	Paysages		1	50
alex plans	50	Paysages lithog.		1	
Rosselin n°1.	21	Couleur		1	
R.	12	Vierges, Vues, Sujets historiques	Vig	2	
alex	55	Paysages		1	25
L	16	P. Diverses Moltens	Vig	3	50
alex	40	têtes d'Studes		2	
R. n°15	36	Portraits		1	75
alex	30	Paysage		1	25
L	23	Costumes B. Divers		1	25
L	32	— d. Theatre		1	
alex	25	Paysages Vernes		1	
alex	30	Sujets religieux		1	50
alex	7	Batailles d'Alexandre		1	25
audifret	42	Divers		1	
aud.	4	Boissieu	V	1	
aud.	12	Lafitte Mois de l'année Republicaine		2	25
aud.	5	Loutherbourg et autres		1	50
L	10	chasses Vischer		4	25
L	76	Bois Albert Durer Sischen		1	75
R	12	Vues Couleur Malackades		3	25
L	5	diverses Vierges chenun	Vig	1	

L		20	Eaux fortes		Vig	2	
L		8	Loutherbourg etc			1	25
R.	nº 76	14	Sujets			2	
T		25	— noir			1	75
Lefevrefontaine		59	Paysages			2	25
Lef.		24	Portraits et autres		Vig	3	
L		11	David Genois etc			2	
Lef.		24	doubles			1	75
Lef		26	Lithog.			1	
Lef.		37	Napoléon			1	50
L	nº 14	40	École flamande			8	25
L	nº 14	16	dº			1	25
L	14	1	Coup de fleau		V.	1	
L	14	2	Pont et Lauge deg. Troost			1	50
L	nº 16	10	École française			1	25
L	16	4	Granger			2	
L	nº 17	27	Perelle			1	
L	18	4	École italienne		Vig	1	25
L	18	25	dº			1	25
L	18	4	Albane			1	25
L	18	14	têtes Raphael, Rubens			1	25
L	18	2	franc flor. Villamena		Vig	2	75
R.	nº 19	1	Mening apportant libra			1	50
R.	19	4	amours albane Coulans			2	
Lef	nº 21	6	fleurs Chesnoles Couleur			2	
Lef.	21	24	· · Noir			1	
Lef	21	24	· · Noir			1	
R	nº 30	2	demeure de Byron et W. Scott			1	
R	30	20	portraits et Sujets			1	50
alm	nº 33	200	Vignettes			4	

DÉSIGNATION

DES ESTAMPES

—◆—

<table>
<tr><td>—</td><td>1. Alix et autres, portraits d'hommes célèbres gravés en couleur, 18 p.</td><td></td></tr>
<tr><td>L</td><td>2. Antiques statues tirées de Bouillon, Musée Laurent et autres, 74 p.</td><td></td></tr>
<tr><td>L</td><td>3. Baudouin, Borel et autres sujets gracieux, 7 p. belles ép.</td><td></td></tr>
<tr><td>L</td><td>4. Beauvarlet d'ap. Vien et Rotenhamer, avant l. l. 3 sujets gracieux.</td><td></td></tr>
<tr><td></td><td>5. Boilly (d'ap.). La douce impression de l'harmonie et suite ; la douce résistance, on la tire aujourd'hui ; 4 p. gravées en couleur.</td><td></td></tr>
</table>

6. Boucher. Fac-simile de dessins et autres 6 belles pièces.

7. Callot. 84 pièces.

8. --- Leclère, etc., 40 p.

9. Carmontelle, Dauberval et M^{llo} Allard, belle ép.

10. Cochin, Moreau. Cérémonies funèbres, 8 p.

11. Delaunay, d'ap. Fragonard. Les Beignets et pendants, 2 pièces anciennes ép.

12. Demarteau et autres, à la sanguine, 12 p.

13. Durer (Albert) et autres, 8 p.

14. Ecole flamande, plusieurs lots.

15. — Jordaens, Rembrandt, Rubens, 4 p.

16. Ecole française, Boucher, etc., 20 p.

17. — Fragonard, l'armoire, Jeaurat, etc., 4 p.

18. Ecole italienne, plusieurs lots.

19. Endymion avant le nuage, toute marge. Sapho, Las Cases, Orphée, etc., plusieurs lots.

20. Fiquet et autres, portraits, 20 p.

21. Fleurs chinoises, noir et couleur.

22. Huet (d'ap.). L'amant pressant, gravé en couleur.

23. — Et autres sujets gracieux en couleur, 15 p.

L	n° 46	103	portrait		1 25
L	46	60	ɔ.		1 25
L	46	100	ɔ.		1 25
L	46	62	ɔ.		2 50
alex	46	32	ɔ.	Veg	1
R	46	13	ɔ.	Veg	3
R n°6	46	22	ɔ.		3
R n°IV.	46	12	ɔ.	Veg	1
R	46	17	ɔ. M. noire et littery		1 25
R n°7.	46	23	ɔ.		2 50
L	n° 49	21	Rembrandt connu		7 50
L	n° 52	15	Sujet Gracieux noir et Couleur		1 25
L	52	15			1
alex	52	16			8 50
L	52	2	Venus		1 25
alex	52	22	Sujets		3
T	52	20			2 75
T	52	20			2
T	52	20	enfant		1 50
T	52	25	— et littery		1 75
T	52	20			1 25
Lef	n° 59	100			6
Lef	59	100			6 50
Lef	59	100	environ		5 50
alex	59	200			2 25
alex	59	170			1 75
alex	59	200	foble		1
L	59	250			1

	n°		Description		
L	n° 59	250			1
L	59	250	.		1 25
L	59	250			1 25
L	59	250			1
L	59	250			1
L	59	250			1
Lef	59	150			3
T	59	82	Port. ... flaxman	Vig	7
L	59	50	Vignette Morceau ferme		3
L	n° 60	80	Vue de tout le monde	Vig	1
L	60	8	— et prem historiques	Vig	2 25
Acad	n° 79	4	Dessin italien		1 75
alex	79	32			1 25
alex	79	60			2
alex	79	10	portraits		1
Acad	79	3	Dessin ecole française		5
T		34	Lithog.		1 25
Lef		3	Cahier ecriture		1 25
L		4	Cadres		1 50
L		20	Paysages Cartes		1 25
Lef		38	Lithog		2 50
Lef		26	Amerique		1 25
Lef		16	Vues Palais de justice		1
Lef		16	Divers Doubles		1 25
Alex		65	environ	Vig	1
Lef		8	Bailly les H. se disputent		1 25
Lef		84	Divers Double		1 50
Lef		32	Lithog.		1 25
Lef		84	---		2 25
Lef		85	Chasses		1 25

6	50	39.	Ostade. Halte et cabaret flamand.	Lef
Vg 3	50	40.	Pater. Savetier, aveux indiscrets, 2 p.	L
1	50	41.	Pèlerinage à Saint-Nicolas, ép., lettre grise.	L
1		42.	Petits maîtres allemands, 14 p.	L
Vg 2	5	43.	Maître 1. B. Triomphe de Bacchus, B. 19, très belle ép.	a lex.

6 50 39. Ostade. Halte et cabaret flamand. Lef

Vg 3 50 40. Pater. Savetier, aveux indiscrets, 2 p. L

1 50 41. Pèlerinage à Saint-Nicolas, ép., lettre grise. L

1 42. Petits maîtres allemands, 14 p. L

Vg 2 5 43. Maître 1. B. Triomphe de Bacchus, B. 19, très belle ép. a lex.

Vg 6 44. Etienne de Laulne, copies d'après Marc Antoine, 4 pièces, très belles ép. a lex.

2 45. Portraits par Drevet, Edelinck. aud

Vg 2 50 46. — Divers, anciens et modernes, plusieurs lots. L

Vg 3 47. — Par Nanteuil, Mellan et autres. L

1 75 48. Poussin. Martyre de sainte Cécile; Renaud et Armide, 2 p. L

1 R.

3 75 49. Rembrandt et son école, 20 p. a lex.

3 50 50. Rubens, Vouvermans, 20 p. à lex.

2 75 51. Rubierte, d'ap. Perignon, Michel-Ange apportant le bras, et le Tasse arrivant, 2 p. aud

2 52. Sujets gracieux, noirs et couleurs, plusieurs lots. L

1 50 53. Sujets historique. Cérémonie militaire sous l'empire, av. toutes l., et cortège de Pie IX, 2 belles pièces à l'eau-forte. aud

5 50 54. Teniers, 24 pièces. a lex.

Le	6	Vierge		2 25
Lef	10	Cahiers aeritur		1 50
Lef	22	Lettring		1 75
Lef	10	regret maternels		1
Lef	8	Confiance et fourberie		1
Lef	6	Boilly H. le disputent		1 25
Lef 30	2	imitation de l'antique		2 25
Lef	1	danse des nymphes		1 50
Lef	12	Poniatowsk'		1 25
Lef	15	Etude Surlefeuille		1
Lef	10	Cahiers aeritur		1
Lef	1	Comparaison		1 50
Lef	1	danse des nymphes		1 50
Lef	3	Cahiers Etres, temple faustin		9 50
Fontain	6	Tom 1. exempl.		2 25
Font.	3	p.		2 75
Alex	2	portefeuille	Vey	4 25

J 55. Vallot, d'ap. Gros. Napoléon à la bataille des Pyramides. 4 75

L 56. Vignettes pour Feu. Cooper, 27 dont 3 portraits. 2 ..

L 57. — pour Rabelais, par Thompson, 14 p. 4 75

J 58. — pour Voltaire, d'ap. Desenne, 80 p. 6

if 59. — Furne et autres, plusieurs lots. 4 ..

J 60. Vues de Rigaud et autres, plusieurs lots. 3 25

L 61. — de Marot : Val-de-Grâce, Sorbonne, et autres, 18 p. 3 25

if 62. — de Mortefontaine, 21 p. lithographiées. 2 50 rg.

L 63. Watteau, 19 pièces. 7 50

R 64. Wille. Portrait de Frédéric, Masse, St-Florentin. 2 75

T 65. Young et autres. The setting, Continence de Bayard, Enfants jouant aux billes. 3 pièces manière noire. 1 25

PLANCHES D'ACIER.

Michel 66. Vues de Paris. — 4 planches en acier.
— Prise de la Terrasse du bord de l'eau.
— Prise des tours de la cathédrale.
— Prise du port de Bercy.
— Prise du palais d'Orsay.

DESSINS.

67. Desportes. Idée d'un panneau, attributs de chasse à la plume.

68. Greuze. Vieillard portant un jeune homme, beau dessin à la plume, lavé à l'encre.

69. Hennequin. Croquis, composition, études académiques. 16 p.

70. — Portraits et costumes curieux. 8 p.

71. — Calques, plus de 30 p.

72. — Très grandes composition à la plume, lavé. 12 p.

73. Oudry. Grisailles, attributs de chasse, pêche, et pastoraux peints à l'huile, en couleur verte, sur papier, 5 p.

74. Vincent. A la plume, sanguine et lavés. 7 p.

75. — Et autres, têtes au crayon et lavés. 9 p.

76. Wille fils et autres, têtes à la sanguine, 10 p.

77. Paysages, aquarelles, sepia. 18 p.

78. Quatre gouaches, nature morte, déjeuners, coquillages.

79. Plusieurs lots de dessins non catalogués

80. Sous ce numéro, les objets omis.

Maulde et Renou, Imprimeurs de la Compagnie des Commissaires-Priseurs, Rue de Rivoli, 144. 1859

DESSINS.

1   67. Desportes. Idée d'un panneau, attributs de chasse à la plume.

3 9   68. Greuze. Vieillard portant un jeune homme, beau dessin à la plume, lavé à l'encre.

2 ,50   69. Hennequin. Croquis, composition, études académiques. 16 p.

1   70. — Portraits et costumes curieux. 8 p.

2 ,50   71. — Calques, plus de 30 p.

5   72. — Très grandes composition à la plume, lavé. 12 p.

3 50   73. Oudry. Grisailles, attributs de chasse, pêche, et pastoraux peints à l'huile, en couleur verte, sur papier, 5 p.

2   74. Vincent. A la plume, sanguine et lavés. 7 p.

3 75   75. — Et autres, têtes au crayon et lavés. 9 p.

3 75   76. Wille fils et autres, têtes à la sanguine, 10 p.

2 50   77. Paysages, aquarelles, sepia. 18 p.

6   78. Quatre gouaches, nature morte, déjeuners, co-
2 50   quillages. 12 p.

15   79. Plusieurs lots de dessins non catalogués

80. Sous ce numéro, les objets omis.

Maulde et Renou, Imprimeurs de la Compagnie des Commissaires-Priseurs,
Rue de Rivoli, 144.   4852